心の花

後藤比奈夫句集

後藤比奈夫句集　心の花（こころのはな）

手にはがき翳し来る娘に街薄暑　『初心』

茎漬けて信濃路は冬ながきところ

悪筆の硯洗ふはかなしきこと

寒造男の洗ひ上げしもの

花おぼろとは人影のあるときよ

罌粟畠の夜は花浮いて花浮いて

鬼灯の祭の色になつてゐし

この頃の空コスモスの色似合ふ

春が手のとどくところに空の色

齢にも艶といふもの寒椿

どこやらが冬どこやらが春の雲

夜はねむい子にアネモネは睡い花

滝の上に空の蒼さの蒐り来

しんじつを籠めてくれなゐ真弓の実

夕方は滝がやさしと茶屋女

羅を着て祇王寺に用のあり

手入すみゐし一乗寺下り松

破魔矢挿す女ざかりの夜の髪

矢の如くビヤガーデンへ昇降機

ラムネ飲みさうな男女のやつて来る

雲水の一歩は大き花下をゆく

壬生の鉦打てるはいつも向うむき

お水取見て来し睡き人とをり

蝶現れて芝生の広さ変りけり

宙に浮く虻に暮春の空気濃し

睡蓮の水に二時の日三時の日

重き風来て軽き風芽柳に

蛇踏んで見せつまらなき男かな

待ち焦がれゐしごと濃ゆき花あやめ

霽るる日も濡るるむらさき鉄線花

夕焼の褪めてしまひて時あまり

大阪を流るる水も月の頃

衣被にはふきん着せ月を待つ

ともし火と砧の音のほか洩れず

居留地の頃のままなる枯木立

寒林へ来てしづかな日しづかな風

首長ききりんの上の春の空

芽菖蒲に水のいとなみ日のいとなみ

空間に端居時間に端居かな

走馬燈廻る昔の速さもて

散るものを誘ふ碧さの冬の空

人はまだ袖を抱きて沈丁花

釈迦の国金《ン》を貴び涅槃像

生き生きとしてだんだんに夕桜

老犬の死してのこりし蚤取粉

洗ひたる障子背負子に括らるる

法善寺横町をゆく足袋白く

涅槃したまへり少女の朱唇もて『金泥』

雨降れば雨にけぶりて鮎掛くる

どの国の時計に似たる時計草

帰り花つけてかへつて淋しき枝

水音の引き立ててゐる冬紅葉

日本の假名美しき歌留多かな

かまくらを覗きゆきしと雪女

春の雪降る日の鬘合せかな

葉桜にどき日となり風となる

ものの音木下闇まで来て消ゆる

風鈴の音の中なる夕ごころ

秋風のこらへきれずに吹く日かな

雪蓑の藁のどこからでも出る手

青といふ色の靫さの冬の草

湖の待ちをる魞を挿しはじむ

菜の花のどこで逢ひてもよき黄かな

機嫌よささうにも蝶の飛ぶことよ

黒揚羽生れて濃きもの濃くなりぬ

捕虫網持たせておけば歩く子よ

鯉幟下ろすときだけ庭狭し

顔見世のまねきの掛かる角度かな

片陰のなき方を指し道しるべ

踊笠被りて眉目の生れけり

ははたの脚美しく止りたる

吾子嫁きてよりの小春のいとほしき

一つだけ突いて紙風船渡す

登山靴穿きて歩幅の決りけり

水中花にも花了りたきこころ

竪縞のしやれてゐし青烏瓜

つくづくと寶はよき字宝舟

拾はれてよりの仕合せ桜貝

きらん草古代紫展げけり

鯉幟立つべき緑とどのひぬ

夏足袋の指の先まで喜びぬ

蓑虫の蓑の風雪はじまりし

二月には二月のみどり蕗の薹

白魚汲みたくさんの目を汲みにけり

一八の花のしてゐし丈くらべ

サングラス掛けて妻にも行くところ

菩提樹の落し文とは読まずとも

鶴の来るために大空あけて待つ

かたまつてゐて凍鶴となり難し

夕霧忌昔はもののやさしかり『祇園守』

河豚を食べ過ぎたる人の顔となる

泣くことを止めよと涅槃したまへる

木瓜の枝を花が交錯させてゐし

消ゆるゆゑ吹いてをりたる石鹼玉

秋思祭すみしやすらぎ月にあり

野を焼きて三輪の大神畏れけり

きんかんの実へは小さな冬日来る

淡雪を讃ふることも懸想文

一願といふ春愁のありにけり

山葵田の水音といふ音のあり

止ることばかり考へ風車

水遊とはだんだん濡れること

ぬばたまの実といふ晴るる日の黒さ

光らねば冬の芒になり切れず

鷹ヶ峯借景として障子干す

耳うごくときはつきりと狩の犬

人の世をやさしと思ふ花菜漬

時計草たそがれ長きことは知る

蛞蝓といふ字どこやら動き出す

数珠玉をつなぐ心は持ち合はす

静かなるものに午後の黄石蕗の花

冬晴に応ふるはみな白きもの

双六の振出しといふ初心あり

穂俵に乾ける塩のめでたさよ

毛皮着て如何なる厄を落す人

山すこし片付けるとて炭を焼く

春の野に出でて摘むてふ言葉あり

麦踏んで蹠に祖国ある日かな

四阿に花冷のかたまつてゐし

花に贅落花に贅を尽したる

世に疎きさまにも打てる壬生の鉦
をだまきの紫賤のものならず
孑孒は涌くにまかせて雨安居
浴衣着を愛染さんの喜ぶ日
通夜の夜の花魁草のまどろまず

秋晴を父の形見の如仰ぐ

白秋と思ひぬ思ひ余りては

雪消える方へ傾き雪間草『花匂ひ』

クリスマスローズ気難しく優しく

虹の足とは不確に美しき

東山回して鉾を回しけり

人の世の初々しさよ走り諸

神戸美し除夜の汽笛の鳴り交ふとき

冴返るいつも不用意なるときに

一旦は赤になる気で芽吹きをり

連翹に空のはきはきしてきたる
きりもなくふえて踊子草となる
港出てヨット淋しくなりにゆく
七星の一つが光り天道虫
月白に色生るるもの消ゆるもの

コスモスとしか言ひやうのなき色も

臘梅を透けし日差の行方なし

鳰の笛風のつらしと韻きけり

民宿の花魁草の厚化粧

一つ齢とりたる松を手入かな

秋雲は空の溜息かも知れず

梅が香の中を流るる梅が香も

母のゐる限り仔馬に未来あり

木下闇木下明りも熊野道

見もせざる花野の涯をまた思ふ

芝のやさしさは冬日が来てきめる

浮寝鳥覚めて失ふ白ならむ

冬滝に対ひ刻々いのち減る

入魂の石入魂の春の水

紅梅の咲いて下谷といふところ

日に仕へ月に仕へし萩を刈る

戻りて紅葉一本づつになる

一会とは冬のすみれと庭帚

初景色大和言葉のごとくあり

ぽつぺんは口より遠くにて鳴れり

『花びら柚子』

春蘭の水の匂のほかはせず

水馬決して水に濡れてゐず

潮やさし海女を磯着に固包み

浜木綿の花と暴風圏に入る

化野に普通の月の上りたる

牡蠣鍋に肝胆照らすこともなし

焦げてゐて雪の白さにきりたんぽ

野を焼けと阿蘇の火《ひ》振《ぶり》の神祭

椀に浮く花びら柚子も花の頃

治山とはみやまあかねも殖すこと

夜をこめて咲きてむらさき時鳥草

雲は行き懸大根はとどまれり

兵糧のごとくに書あり冬籠

雛道具夢まぼろしの世を古りぬ

辛夷散る百の白磁を打ち砕き

葛切に淡き交り重ねたる

滝音となる水と水水と石

田村麻呂まだ生きてゐる祭かな

とんぶりを茂吉の欲りしほども食ぶ

蜻蛉の空蜻蛉の空の上

十津川を出でし柚餅子と冬籠

この鐘を春ゆふぐれに撞きたかり

水餅の水の重り合うてゐし

人の世の塵美しき雛調度

大瑠璃の鳴いて黒髪山とかや

牧場に生れし蠅とバーベキユウ

人の世の無常迅速牡丹にも

信心の足音が好き蟻地獄

大阪にゐて食ひ倒れ軆の笛

白靴の光る東尋坊の先

日盛を来て会ふモネの睡蓮に

倉敷は暑し夕ヒチの女ゐて

黒髪に結ひしを山鹿灯籠と

侘の茶の寂の茶の花咲きにけり

荏《じん》苒《ぜん》といふ日茶が咲きそれが焦げ

一と日づつ一と日づつ冬紅葉かな

年玉を妻に包まうかと思ふ

気にかかりゐる白魚の透明度

鹿に見えをりてわれらに見えぬもの　『紅加茂』

壺の花溢れて吉野山となる

象潟と思ふ一蝶天降《あも》りても

秋の滝なりし日の斑も風の斑も

心から消えぬ明るさ萩黄葉

下萌に心が先に下り立ちし

鈴雛彼女が振れば彼女の音

雨を加へ雨を加へず緑見る

一時に目高が向きを変へし水

真昼間の花魁草の影とゐる

この辻を回せば祇園祭すむ

露涼し石に刻みしわがまこと

入魂の石に祇園の月も出し

飛鳥の蘇などにも馴染み冬籠

山中の贅山繭のうすみどり

柳よりやはらかきもの見当らず

遠足といふ一塊の砂埃

双蝶となるまでの三巴蝶

芭蕉より義仲思ふ秋の風

蟬の穴よけて踏みたる蟬の穴

風やめば櫓が映り鴨の濠

一つづつ落葉に裏のついてゐし

美しきものにも汗の引くおもひ

海雲椀よりひろがりて日本海

忽ちに湧きし綿虫日を微塵

元朝の祇園はよかり白朮酒

手拭の紙屋治兵衛も二の替

どちらから吹くも春風風見鶏
指一つにて薄氷の池うごく
雲来しと雲の行きしと山茱萸黄
旧家みなよき杉山を負ひ涼し
雨安居の雨をもらひて咲けるもの

脇差を差して相川をどりとて

蟻のためにも極楽の欲しかりし

ロゼといふ色に出でたる酔芙蓉

おんぶされをりしばつたが先に逃ぐ

竹瓮より魚の嘆きの聞ゆなり

こころより遠きところの帰り花

御《お》唇《くち》の冬暖き仏かな

塔美し冬日彫心鏤骨かな

なかなかにもちこたへゐし菊日和

しゃぼん玉吹き太陽の数殖やす

『庭詰』

春風の来る庭詰の僧の膝

流れに身ゆだねて花の悟るかな

黐る青のみならず青嵐

遠鴨といふはおもちやのやうに浮く

リラの香をあり余りたるものとしぬ

海碧く神戸まつりといふ日あり

夏潮に雨は一粒づつ刺さる

楊梅が落ちこの辺の門構

滝風となりて滝壺からも吹く

一つづつ座席にうちは対馬便

月近く星遠かりし対馬かな

コスモスの花を見てをり休肝日

峨々と苔峨々と苔置き福寿草

あたたかやきりんの口が横に動き

老いてならぬ老いてならぬと梅咲けり

人の上に立ち給ふなる雛の眉目
石麻呂の歌風風鈴の舌にあり
風知草にもまどろみのための風
沖に沖ありと出でゆくヨットあり
茶の咲いてゐる日本を明日は立つ

縦に見て時代祭はおもしろし

出港や波止の小春を積みのこし

夜神楽の神と人との間かな

梅が香に沿ひて活断層あるか

救援のものの中より懸想文

古雛に地震のさはりの一つならず

蒲団より枕があはれ瓦礫の中

けふ家を毀ちて春を行かしむと

心さしかけぬ日傘で足りぬ分

けふ誰の心もおなじ蘭の花

一つ叩き一つ確め鉦叩

瓢の笛雲の流るるごとく吹く

日記買ひそれより重きものを買ふ

繭玉のやさしさをふともて余す

左手に去年右手に今年かな

鶯替へて人の鑑になるつもり『沙羅紅葉』

以和為貴梅と東風

山茱萸の黄を春色の出入口

行春や名の美しき絵馬の主

滝落ちて箕面は空の深きところ

萱草の黄からはじまる野の夜明

一夜被て一夜の情踊笠

象を見る人と別れて落葉踏む

水平の美を弁へて鶴飛べり

繭玉を結ふそこ淋しここ淋し

雪恋のあとの日恋の寒牡丹

梟にはつきり横を向かれたる

二三枚水母が泳ぎ海ゆらぐ

ここへ来て佇てば誰しも秋の人

おのづから人澄む水の澄める里

臘梅の花臘梅の花を透かす

寝釈迦には見ゆる獣の泪かな

胸元の見えて悲しき寝釈迦かな

いつ来ても壬生の楽屋といふところ

かにかくに吾かにかくに翁草

破れ傘父の境涯子の境涯

村長の賞めて食べたる朴葉鮓

風蘭の花が梵字を覚えたる

五十年野暮を涼しと過し来し

生涯を托せし黴の一俳誌

句帳手に持つてゐるだけにて涼し

神よりも人を貴び初日記

綿入を着てかまくらの母の役

入初の湯を揉むといふ湯女の幸

助六は凧となりても傘挿せる

一落花琴線を掻き鳴らしたる
五十年前の春塵かも知れず
水に浮くものとし扇流さるる
羅にちがひなかりし蛇の衣
さういへば家伝てふものすべて黴

羅といふは光を重ね着る

三門を敲くはつきり芋嵐

この庭の萩に仏心風に仏心

地震のあと月を軽んじゐたりけり

草虱には親愛の情余る

木犀の香に積善の心あり

沙羅紅葉来世明るしとぞ思ふ

雪がちらつけばと思ふルミナリエ

寒いからみんなが凜々しかりにけり

風下に立つが仕合せ老の春

一月十七日思ひても思ひても

山淋し木五倍子がいくら咲いたとて

秋篠や芹の小川も仏恋ひ

花ひらくまで桜湯を掌

酒はみな治聾酒といひ聞かせ飲む

鶯餅作りし人のキュービズム

甚平着て別の賢さ生れたる

月と雲遊べり人は踊の輪

老に二時睡蓮に二時来てをりぬ

干柿を作り稚拙を喜べり

冬木より静かに息をすること得ず

破魔矢手に大和心のありやなし

『めんない千鳥』

裸雛人に神代の昔あり

また風邪を引いたとはもう言へずをり

翁草にもこれからの幸不幸

風知草五月は風のやさしき月
玉虫と宝石さほど異らず
泣くよりは笑ひながらに浮いてこい
今生の月の懸りし厳島
ひたひたと良夜の波の厳島

清盛に心通ひて月にあり

万華鏡中紅葉山紅葉谷

もう誰も来ぬ年玉を包みをり

松立てて笑ふ門とは言ひもせし

魚崎にこんな古町寒造

瀧の面をわが魂の駈け上る

囀の風に微塵となることも

曝しある良書にまじる一書かな

手をつなぎやりたやお花畠見ゆ

七月二日朝恒子死す、四日葬儀

妻とするめんない千鳥花野みち

亡き妻を探しにきたる初雀

忘れむとしてゐて冬が来てしまふ

火をつけてやりたきほどに枯れしもの

浮世絵に雪《ゆき》といふ字の霏々とあり

満月といふ臘梅の昼の色

魔性の火魔性でなき火蘆を焼く

春惜む箒があれば箒手に

初盆に要るもの少しづつ判る

徐々に徐々に初東雲といへる空

虚子の去年今年われらの去年今年

心にもありたる小窓初明り

宝恵駕の妓の名いかにも桃太郎

夜咄や人になりたき影法師

古もんぺ昔は国を愛しけり

雛の客すらりと男役めくも

囀るは口の小さな鳥ばかり
シャンパンの栓の飛びたる夕桜
見届けに行きたや春の行くさまを
妻がゐるお花畠を霧消すな
起し絵となる海の家山の家

池に蓮人に仏の来給ふ月

戻り来よ銀河の端に出迎へむ

新盆の仏はにかみ在しけり

山川を絶品として川床《ゆか》名残

山里の芒一本づつ光る

男酒ありて涼しき女酒

絶筆の痰といふ字が寒からず

一日を今《こん》生《じやう》として底《そこ》紅《べに》も

コスモスを挿す何にでもいくらでも

満願となる数へ日の果てたる日

あとがき

『心の花』は私にとって、愛する作品たちと訣別の句集。生涯数多くの句の中から、ほんの一と抓みしか残せなかった句集。捨てて置き去りにした俳句の憾みが犇々と胸をかきむしる。別れが辛いのである。分かっていながら敢えてそれをしてしまった私。せめてここに残った三百八十句だけでも、末長く活躍してくれることを祈るばかりである。

平成十八年五月二十日

後藤比奈夫

著者略歴

後藤比奈夫（ごとう・ひなお）

本名日奈夫（ひなお）大正６年大阪生まれ。神戸一中・一高を経て昭和16年阪大理学部物理学科卒。昭和27年父夜半につき俳句入門、「ホトトギス」「玉藻」にも学ぶ。同29年より「諷詠」編集兼発行人。同36年「ホトトギス」同人。同51年父の没後「諷詠」主宰。昭和62年より俳人協会副会長。現在、同顧問、日本伝統俳句協会顧問、大阪俳人クラブ顧問など。日本文芸家協会会員。句集『初心』『金泥』ほか。兵庫県文化賞、神戸市文化賞、大阪府文化芸術功労者表彰。地域文化功労者文部大臣表彰、第２回俳句四季大賞受賞。第十句集『めんない千鳥』にて第40回蛇笏賞受賞。

現住所　〒657-0001 兵庫県神戸市灘区高羽字瀧ノ奥５－１－101

＊句集製作年代

1	初心	昭和27年―昭和39年	昭和48年刊
2	金泥	昭和40年―昭和47年	昭和48年刊
3	祇園守	昭和48年―昭和51年	昭和52年刊
4	花匂ひ	昭和52年―昭和56年	昭和57年刊
5	花びら柚子	昭和57年―昭和61年	昭和62年刊
6	紅加茂	昭和61年―平成3年	平成4年刊
7	庭詰	平成4年―平成7年	平成8年刊
8	沙羅紅葉	平成8年―平成12年	平成13年刊
9	一句好日	平成15年	平成16年刊
10	めんない千鳥	平成13年―平成15年	平成17年刊

発行　二〇〇六年七月一日　初版発行

著者　後藤比奈夫©

発行人　山岡喜美子

発行所　ふらんす堂

〒182-0002　東京都調布市仙川町一―九―六一―一〇二

TEL（〇三）三三二六―九〇六一　FAX（〇三）三三二六―六九一九

句集　心の花　ふらんす堂文庫

URL : http://furansudo.com/　E-mail : fragie@apple.ifnet.or.jp

振替　〇〇一七〇―一―一八四一七三

装丁　君嶋真理子

印刷所　トーヨー社

製本所　並木製本

ISBN4-89402-836-0 C0092